민경옥 시집

늦게 뜬 별

국립중앙도서관 출판시도서목록(CIP)

늦게 뜬 별 : 민경옥 시집 / 지은이: 민경옥. — 서울 : 지구문학,
2011
  p. ;   cm

ISBN 978-89-89240-43-3 03810 : ₩7000

한국 현대시[韓國 現代詩]

811.7-KDC5
895.715-DDC21   CIP2011004007

민경옥 시집

늦게 뜬 별

지구문학

늦게 뜬 별의 변辯

　이 나이에 첫 시집 《늦게 뜬 별》을 상재하면서 설렘에 잠을 설친다. 푼돈을 아껴가며 오랜 세월 끝에 처음으로 가족들과 함께 살아갈 조그만 집 한 채를 마련했을 때와 버금가는 기쁨이랄까. 그 집에서의 첫날 밤, 가족 모두가 잠들었는데도 혼자 잠을 설치던 그 밤이 문득 떠오른다. 그때는 곁에 남편과 자식들이 함께 있었다.

　오랫동안 함께 삶을 이루어온 남편도 먼저 떠나고, 자식 오남매도 제 몫을 다하는 성인으로 잘 자라 제 가정을 나름대로 꾸려가고 있다. 그리고 나는 학창시절부터의 문학의 꿈을 되찾아 오랜 염원이던 늦깎이 시인이 되고, 이제사 한 편 한 편 모은 시들로 드디어 한 권의 '시의 집'을 지었다. 삶의 종장까지 내가 들어가 살 두 번째의 집이며 영혼의 집인 셈이다. 이제 이 집에서 세상 모두와 그 기쁨과 슬픔과 함께 뒹굴며 살아갈 것이다.

　어찌 잠이 쉽게 오겠는가. 창 앞에 서니 하늘에 별이 《늦게 뜬 별》인 나와 교신이라도 하듯 빤히 보고 있다, 마치 어머니나 남편인 것처럼. 사람들은 흔히 운명대로 살아간다고 말한다. 그렇다면 지금 나의 이 모습도 운명의 각본대로 살아온 것인지도 모른다. 우리 세대들처럼 그렇게 많이, 그렇게 자주 6.25동란과 같은 크고 작은 전란을 치르며 현대라는 오늘까지 급변하는 물길을 허우적대며 건너온 사람들이 또 있을까 싶다. 도중하차하지 않고 이만큼이나 건너와 이쯤에서 시로 돌아보고 있는 여유가 축복이 아닐 수 없다.

"시가 삶의 노래로 누구보다 땀 흘리며 열심히 살아가는 사람이 쓰는 진실"이라며 머뭇거리는 내 손을 잡아주셨던 김현숙 선생님과 또 김계숙 님과 한인자 님 역시 나의 시에 열렬한 성원을 보내며 처음부터 끝까지 용기와 격려를 아끼지 않은 친구들이다. 또 나를 말없이 지켜주던 아들, 딸의 든든한 지지와 지원도 감사할 따름이다. "이년 만나면 인연, 저년 만나서 저연"이라던 스님의 법문은 사람을 만나 어떤 영향을 받게 되냐를 단적으로 말한 예가 아닐까 싶어 숙연해진다.

"기차는 세월을 싣고 달린다. 어제, 오늘도 또 내일도…." 신인으로 출발할 때 '인생이 녹아 든 글'이란 심사평을 받았던 〈기차여행〉의 한 구절이다. 이 순간도 세월의 기차는 달린다. 자연의 순리에 나를 맡기고 내가 만나는 세상을 열심히 바라보고 사랑하고 노래할 것이다. 최자崔滋는 "무릇 남겨두는 시는, 말은 간단하고 뜻은 극진한 것이 아름답다"했다. 삶을 더 깊게 표현할 수 있도록 꾸준히 노력하겠다.

끝으로 시집《늦게 뜬 별》을 상재할 수 있는 이 기쁨을 도와주신 『지구문학』 김시원 선생님과 민정숙 화가님께 깊은 감사를 올린다.

9월의 햇살 속에서 **민 경 옥**

2 부_ 등 굽은 보살의 기도

3부_ 담쟁이의 사랑

4부_ 동강할미꽃

5 부_ 머물다 떠난 자리

1부

늦게 뜬 별

잡초

누가 돌봤으랴
지금은
어디 기댈 곳도 없지만
이 땅에 온 것만도 축복 아니랴
햇살과 바람
눈과 비를 힘껏 들이마시고 내뱉었다
이들은 모두 나의 이웃이었다

곁에서
하늘을 오르는 나무들
큰 키를 시샘하지 않고
다투어 키재기하는 빌딩을
문명이란 이름으로 사귀었다
주어진 땅, 주어진 시간을
두 팔로 껴안았다

늦게 뜬 별

구름 한 점 없는 하늘
달빛 대신 별들의 축제다
어른별 아기별

저마다 끼를 뽐내며
한바탕 놀고 간 뒤

수줍은 별 하나
함께 못하고 주저하다
살짝 고개 내밀었는데

드넓은 하늘에
홀로 빛나는 얼굴
밤의 가슴에 또렷한 문신

황혼의 덫

세월은 나를 먹고 살지고
나는 세월을 먹고 황혼이 되었다
원치 않았던 주름꽃
손목에 저승꽃도 앉았다

눈바람 불어쳐도 복사꽃 뺨
넘실대던 검푸른 머릿단
똑같은 세월이련만
그 시절은 청춘이었다

늘 넘치는 줄로 알고
바가지로 흥전만전 써버리고
이제 밑바닥 보이는 시간
황금보다 더 비싼 '지금'

알뜰히 살고 싶다
이 세상 어딘가에
세월의 거름을 보태고 싶다
아름답게 지는 노을꽃처럼

들꽃차 한 잔

미장원에서 나와
나온 김에 인사동을 누비다가
들꽃차 한 잔을 마신다
젊은 날은 연인과
분위기를 찾아 거리를 헤맸지만
살만치 살아본 친구들과 수다는
편안한 단골 맛집에서
식사에 딸린 커피로 그만이다
혼자 차를 마시러 들르다니
내가 나를 만나러 온 걸까
들꽃 냄새가 나를 에워싼다
바람 부는 들판에 선 것 같다
아니 비 젖은 풀냄새가 난다
이렇게 맑은 날에

봉선화

꽃밭에
봉선화 피었다
꽃 속에
어머니 얼굴 들어있다

농촌으로 시집 온 어머니
안 해 본 논밭 살림까지
부엌에서 샘터로 닭장으로
종일 땀으로 목욕했다

어느 여름밤 별 아래서
"엄마처럼 살지 마라"
어린 손가락 꼭 잡고
손톱에 놓던 꽃물

그 해 여름 끝나도록
지워지지 않았다
무딘 손톱 끝
아직도 봉선화 핀다

등불

긴 세월 먹고 싹튼,
가슴에 묻혔던
씨앗 한 알

무거운 삶의 뚜껑을 열며
더듬거리는 내 손에
빛 한 줌 담아주셨다

눈물도 한숨도
시 한 줄로 바꾸며
세상 뾰죽한 등을 쓰다듬는다

나이든 제자에게
남은 삶을
시처럼 살게 하신 선생님

보름달

열세 살에 6.25 전쟁이 터졌다
피난길에서 피 터지는 목숨들
굶주린 사람들의 아우성
볼 것 못 볼 것 다 보았다

깜깜한 세상에도 보름달이 떴다
옥수수찐빵처럼 부푼 달을 보고
동생들은 더 배고프다 칭얼댔지만
나는 달님에게 두 손 모아 기도했다

다음날, 뜻밖에 만난 먼 친척 아저씨
양식을 풀어 우리들을 먹였다
열세 살 누나의 소원을 들어주었다
힘들 때마다 보름달은 환하게 웃어준다

해가 빛을 쓸어 서산으로 넘어가면
어둔 길에 빛을 뿌리면서
달은 또 오고 있다

머리 속 씨앗

어둠 속에서
씨앗 몇 알 싹이 텄네
물도 없고 흙도 없는 그곳
강인한 힘으로
홀로 싹을 틔웠네

탐스런 꽃을 피워 보려 했지만
빛과 물이 모자라
뿌리는 허기지고
줄기는 가냘픔에 그쳤지만
그래도 목숨이 붙어 있다는 것

살아 있다는 것은
제 모양새와 숨결 곁들인
풀꽃으로 서는 것
제 값을 지니는 것

쓸데없이 불평하지 말고
하릴없이 남 헐뜯지 말고
착한 생각의 씨를 뿌리고
봉사의 행동으로 거둘 것

황혼에 불 지폈네

문화원을 찾아와서 시창작반 수강증을 끊었다. 이 나이에 시를 다시 만날 수 있다니 들뜬 발걸음이 공중에 헛돈다. 문화원 뜰에 매화도 살구나무도 고향친구를 만나 반갑다며 웃다가 끝내 눈물을 흘린다. 친구들과 인터넷으로 주고받은 어줍잖은 글이지만 친구들이 부추기며 계속 응원한 덕택이다. 하긴 해묵은 저 등걸에서도 꽃은 핀다. 저녁 해도 돌아가는 길에 노을꽃을 피운다.

햇빛 속에서

햇빛이 창문을 두드립니다
꼭 사랑하는 사람 같아서
창문을 활짝 열고 맞이합니다
이웃들은 이불과 빨래를 내다걸며
햇빛과 하이파이브를 하고 있네요
밤낮 큰소리치는 비에 질렸겠지요
사람에게 질세라
나무와 풀들도 젖은 몸을 닦으며
해의 품으로 뛰어듭니다
가만히 생각해 보니
오늘 하루 무사함도
세상 모두의 덕분입니다

종착역의 꿈

차들 차례로 놓치고
서산에 지는 해 바라보며
돌아갈까 했는데

막차가 왔다네
꿈과 함께
망설임 없이 덥석 차에 타고
천천히 고갯길을 올랐네

시작이 반이라더니
꿈은 이루어진다더니
늦은 나이에 시인이 되어
소녀적 꿈을 이루었네

시는 삶의 노래
보고 듣고 울고 웃는 세상사
가득 쓰인 길 따라가네
종착역까지 멈추지 않으려네

조각달

어린 내가 소꿉놀이를 한다
깨진 사금파리에 흙밥을 담고
풀잎 반찬으로 한 상 차려
친구들과 저녁 잔치를 하는데
달이 환한 등불이 되어
우리를 지켜준다

난데없이 검은 구름이 나타나더니
등불을 끄려고 팔을 내젓는다
구름의 장난질에 달이 깨진다
나는 뛰어다니며 구름을 쫓아내고
부서진 조각을 맞추다가……
꿈을 깼다

눈 뜨고 보는 이 세상도
한갓 꿈이려나
여기 저기 기웃거리다가
해도 달도 붙잡지 못하고
손 털고 떠난다

우리들의 모교
— 홍천초등학교 100주년 기념축시

나라를 잃고도 씨앗을 품어
땅을 지키고 나라사랑을 이어 왔네
전쟁 중에도 수많은 싹을 틔웠고
비바람 모진 세월을 묵묵히 넘겼네

땅에서 자란 어린 싹들
삶의 희망이 한 마디씩 자라서
몰라보게 큰 재목이 된 인재들
앞장서서 우리나라를 이끌어가네

거목과 더불어 각계각층에 뿌리내려
더불어 사는 세상의 힘이 되었으니
어머니 몸이 아니었더라면
어찌 오늘이 있을까

개교 100주년을 벅찬 기쁨으로 맞으니
선배의 수고 앞에 머리를 조아리고
후배의 계승 발전을 위해서 기도하네
이 나라 꿈과 희망의 등불이 되소서

재래시장에서

햇살이 한풀 꺾인 오후에
집 바로 앞 마트를 지나서
나들이 가듯 시장에 갑니다
강물에 빠뜨리던 빗줄기도 어제 일
빗물에 부들거리며 떨던 배추도
통통하게 속살이 오르고
폭우에 친구들을 많이 떠나보내고
고추는 더 새빨갛게 약이 올랐네요
너나없이 이런 일 저런 일 만나서
이리 저리 비틀거리다가도
중심을 잡아 또 살아가잖아요
세월이 두 손으로 익혀낸 먹거리와
햇살과 바람도 한 웅큼
가을을 담아 돌아갑니다

둥지에서 배우다

새가 둥지 짓는 모습을 보니
일류 건축기사다
나뭇가지에 터를 잡고
부리로 흩어진 잔가지를 물고 와
순서를 지켜 아귀를 짜 맞춘다

송파문화원 시창작반도
오래된 둥지
화요일마다 선생님과 학생들이
하나씩 잔가지를 얽어서 만든
배움의 집

누구는 커피를 타서 나누고
누구는 옥수수를 쪄오고
사진으로 추억을 남겨준 친구도 있다
그러나 수업시간엔 꼼짝없이
선생님에게 눈과 귀를 모았다

땅과 하늘 사이 모든 것들

우리가 상상하는 모든 것들의 이야기
시란 우리들이 부르는 삶의 노래인 것
'삶을 시처럼, 시를 삶처럼'
선생님이 앞서 걷는 길을 따라갔다

8월을 보내며

매미가 울어댄다
악을 쓰며 울어댄다
마지막 가는 8월을 막아서듯이
억지로 잡아둘 듯이

하기야 8월을 따라
너도 갈 수밖에 없음이라
넘실거리는 푸른 숲을 만날 때
이리 떠나감을 생각이나 했을까

9월이 오고 가고
언젠가 나도 계절 따라 갈 터인데
매미처럼 실컷 한 번 울어보지도 못하고
소리없이 갈 것인가

저 참나무 가지마다 칭칭
매미가 동여매어 놓고 가는 울음 같은
나의 노래 한 자락을
나도 어딘가에 챙길 수 있을까

2부

등 굽은 보살의 기도

삶

젊은 날에는
이 세상에는
따뜻한 햇살과 더운 바람
봄과 여름뿐인 줄 알았다

살다 보니
이 세상에는
서늘한 아픔과 차가운 슬픔
가을과 겨울도 있었다

아기의 첫 울음

아기가 첫 울음을 울었다
혼자서 숨쉬기 시작했다는 거
이 세상에 온 신고식이다

큰 나무에 물혹처럼 붙어서
여름을 휘젓는 매미처럼
우렁차고 당당한 목소리

그러나 얼른 눈뜨지 못한다
대면해야 될 세상의 두려움
이번엔 큰소리로 떼쓰듯 운다

아기의 말을 얼른 알아듣고
엄마가 아기를 꼬옥 품어주니
그 가슴의 말에 울음을 뚝 그친다

북녘 땅을 바라보며
— 고성 통일전망대에서

이 황톳길로 한나절 걸으면
금강산 낙타봉에 이르겠다
저 철로로 기차를 타고 가면
평양까지 신나게 달리겠다

푸른 물 맑은 물 철썩이며
해금강은 오라고 소리치고
백두산 천지연 가에
구름국화 손짓하며 기다릴 텐데

나를 막고 선 저 철조망
대체 누굴 위해 쳐놓았단 말인가
넘어갔다 넘어오는 바람에는
6.25 혼백 피울음 고여 있다

초파일

부처님 오신 날
하늘에는 연꽃이 가득 피어난다
불자들이 간절한 바람으로
켜둔 연꽃등이다

탐욕의 번뇌를 씻게 하소서
이웃들을 돌보게 하소서
진실에 눈뜨게 하소서
주어진 삶을 사랑하게 하소서

부처님 오신 날
지상에는 연꽃이 가득 피어난다
세상의 어둠을 밝히려
부처님이 켜는 연꽃등이다

등 굽은 보살의 기도

바람이 비를 몰아
산비탈 길을 돌아가다
지팡이 하나에 몸을 실은
늙은 보살 굽은 등을 다 적신다

타는 목을 맨입으로 달리고
가쁜 숨 몰아쉬며 산을 올라
허름한 쌈지 주머니에 삼천 원 몽땅
부처님 앞에 바친다

앉고 서고
신음 쏟아지는 삼 배拜
부처님은 고개 끄덕이며
열 배拜 넘게 셈 치신다

사나운 비 훌쩍 산모퉁이를 돌아가고
등 굽은 보살의 지팡이
햇살 속에 반짝이며
늙은 보살을 부축한다

항아리

선반 위에 항아리 비어 있다
'왜 저리 비어 있을까'
꽃병이 꽃을 그득 안은 채
쳐다보며 비웃는지
장독 몇 개 입들을 모아
수군거리고 있는지 모른다
태어날 때부터 비어있었고
무엇을 채워 본 적도 없다
꼭 한 번 주인의 중얼거림을 들었다
'힘들 때마다 희망을 채우는 거야'
내 안에 머무는 비밀
두 팔로 꼭 껴안고 산다

머리 숙인 벼 이삭

땅을 벗어나 본 적이 없다
대대로 쳐 놓은 울타리를
넘어간 적도 없다
여름비가 강물로 덮쳐도
땅을 붙들고 넘어질 뿐이다

안하무인 비가 물러가고
무릎 꿇은 벼를 일으키면서
농부도 쓰러진 희망을 세운다
함께 울고 함께 웃고
함께 죽고 함께 산다

그래서 벼는 농부의 자식이다
새벽부터 해넘이까지
배고플세라, 벌레가 해칠세라
농부의 검은 얼굴은 여위고
주름 골은 깊이 패인다

키워준 땅과 하늘과 농부에게

머리 숙이는 벼를 보아라

혹 은혜를 버린 사람이라도

가을 들녘에 서면

익을수록 고개 숙이는 이치를 보리라

어느 여름날

아스팔트 한길가에
달달 볶는 뙤약 한복판에
애기를 업은 아줌마
옥수수처럼 까맣게 익어가고 있다

차가 제자리걸음할 때마다
열린 차창으로 다가와
찐 옥수수를 들이미는데
매미처럼 아기 울음이 따라온다

젊은 엄마적, 생활에 휘둘릴 때
아이 울린 일 한두 번이랴만
저렇게 어릴 적부터
울음을 익히는 것이렸다

울다 울다 지치면
저 홀로 울음을 거두는 것이렸다
온몸에 물기마저 쏙 빼고
한 몸에 꼭 붙어 있는 옥수수 모자母子

먼동이 트면

해가 기지개를 켜면
저마다의 나팔소리에 귀를 연다
새들의 합창소리
나뭇가지들의 수런거림 속에서
각자의 발걸음을 옮긴다

무거운 짐 진 자
병마에 시달리는 자도
어둠이 가시면 빛은 오리니
오늘 할 수 있는 일
내일로 미루지 말자

오늘의 착실한 내가
내일의 나를 안내하리라

단풍

먼 길을 돌아오면서
비로소 퍼런 오기도 삭고
꽃처럼 피는가
그러나 짧다
불어 닥치는 사나운 바람 앞에
붙들고 있던 가지를 놓친다

얼마 전 친구도 그렇게 갔다
아름다운 손 흔들며
사뿐히 땅에 떨어졌다
어떤 친구는 병상에서
어디로 갈까 망설인다

세상에 펄럭거리는 젊음도
바람 앞에 자신을 밝혀둔 늙음도
제 때에 맞는 몫이다
꽃은 떨어지니 더 아름답고
이별이 있어서 만남은 더 소중하다

마른 꽃 십자가

마른 들꽃 한 다발
언제부터 그 자리에 걸렸던 걸까
넘치던 꽃의 생기와
꽃이 뿜어내던 향기와
꽃을 주고 받은 사람의 얼굴이
물기를 날리며 늙어가서 마침내
골고다 언덕에 못 박힌 예수 같은
저 꽃십자가상 아래
누굴까
추억의 짐이 무거운 자
오늘 하루를 내려놓고
저 발치에 엎드려 울고 싶은 사람은

매미소리

그해 누가 떠났는지
낮밤을 울어대더니
목청은 팍 주저앉았나 보다
질긴 울음보다 삭았나 보다
잊은 듯 그러나
한 번씩 그리움을 외치지만
세상에선 아무 대꾸도 없다
그럭저럭 여름날은 저물고
또 내일을 기다린다
이 세상에 오기 전부터
이미 배운 그 길고 긴 기다림

무서운 세상

공장에 가서 보라
눈 부릅뜬 쇠가 쇠의 살을 깎는다
그러나 쇠에게 살그머니 기댄 채
쇠의 뼈를 녹이는 녹도 있다
눈 감으면 코 베던 시절 있었다

미친개가 달려와 물 때도 있다
성난 얼굴로 다가오는 사람보다
웃으며 다가오는 사람은 더 무섭다
감춰둔 방패를 빼앗기 때문이다
눈 뜨고 있어도 코 베는 시절이다

법정 스님을 보내면서

2010년 3월, 봄은 오는데
스님은 한 줌 연기로
이 땅 곳곳에 스미셨네

가시는 걸음걸음을 붙잡으며
어버이 보내는 불자를 위로하며
하늘도 땅도 몹시 울적하더이다

빈 몸이 와서 빈 몸으로 가는데
무엇을 탐하여
무엇에 끌려다녀야만 하리요

삶은 소유가 아니고 있음으로
있음을 함께 나누고
남긴 빛으로 세상의 무명을 밝히시네

문풍지 울던 날

산 속 초가 한 채
곤한 잠을
밤바람이 송두리째 흔든다

내려치는 바람의 회초리에
나무들 온몸으로 신음하고
가랑잎들도 가랑거리며
해소기침을 끊인다

초가집 문풍지
사시나무 잎처럼 떨어대며
동쪽으로 서쪽으로 쫓긴다

가녀린 몸
오직 기댄 곳이란 문짝
아픈가 아님 외로운가
밤새 신음하는 겨울밤은 길다

밥 이야기

우리 어린 시절은
보릿고개도 넘어야 했고
굶어 죽는 사람들도 많았다
전쟁통에는 더 많이 굶었다

나라살림이 나아지고
길 가다 남의 논밭이라도
푸른 보리나 벼가 물결칠 때면
저절로 배가 불렀다

젊은 사람들은 다이어트하면서
밥 숟갈 줄이는 데 목숨을 건다
나름 건강하고 멋지게 살자는데
말 거들 필요는 없다

어떻든 변치 않는 믿음은 있다
밥을 먹어야 힘이 생기고
힘 있어야 무슨 일이든 할 수 있다
밥은 자신의 수호신이다

3부

담쟁이의 사랑

담쟁이의 사랑

담쟁이는 무릎 꿇은 채
담을 기어간다
벽돌담은 사막처럼 건조하다
벼랑처럼 가파르다

나무는 천천히 하늘로 오른다
할아버지 나무가 퍼주는 샘물로 목을 축이고
아버지 나무가 받쳐주는 등을 밟고
새들의 노래를 들으며 자란다

납작 엎드린 담쟁이지만
밖으로만 도는 담장의
등짝을 찔러대는 땡볕을 막아주고
바람을 모아 부채질까지 해 준다

나무가 먼 하늘을
하염없이 바라볼 때
담쟁이는 가까이서
보고 만지는 사랑놀이에 빠진다

무쇠도 녹는다

아이티 지진참사에
지구촌 인종을 초월한 사랑이
험한 산도 강도 건너간다
하늘도 산도 물도 두렵지 않다

인간의 눈물에 하늘이 감동했을까?
인간의 가슴과 입김으로 녹이니
앓는 자 보살피는 이웃 사랑을
감히 누가 막아서랴

무쇠도 지구인의 사랑으로 녹고
소망과 믿음으로 거듭나니
그날의 쓰린 흔적을 덮고
새 생명의 땅이 되리라

기차여행

기차는 세월을 싣고 달린다
어제도 오늘도 또 내일도
하루의 행복과 기쁨, 슬픔과 고통을
칸칸이 싣고 달린다

같은 차를 타고 가는 이 순간에도
누구는 웃고 누구는 울고 있다

말없이 창 밖을 내다보는 시름에 잠긴 여인이여
당신의 눈언저리 촉촉히 젖어 있음은 무엇 때문인가

우리는 지금 어디에 있는가
행복은 배로 주고
고난은 절반으로 줄이는
차 칸으로 옮겨 앉으면 안 되는가

기차는 희망을 담고 달린다
차 속에 갇혀 있지만 말고
큰 유리창 눈으로
바깥세상의 꿈을 가지라 한다

비둘기 한 쌍
— 친구의 재혼을 축하하며

먹구름 걷힌 푸른 하늘
비둘기 한 쌍 날아다니며
맘껏 사랑을 속삭인다

사랑의 불을 지펴
숲 속 꽃동산에 둥지 튼지도
몇 년 세월이 흘렀다

날아온 돌팔매에 가슴을 찢기고도
안개 속에서 묵묵히 걸어온 그들
뭇새들은 축가를 부르며 환영해 준다

어떤 두려움도 없다
나란히 함께 가는 길
햇빛이 환하게 보초 서준다

슬픈 카네이션

그날의 날개를 달고
단숨에 달려가
그의 가슴에 엎드린다

누가 나만큼 사랑 받았을까
햇볕에 그을릴까
눈비에 젖을까
조심조심 보듬어 준 당신

올해도 변함없이 달려왔건만
한 번 닫은 땅 문 열지 않고
내다보지도 않으니
내키지 않는 발길 돌린다

오월 하늘에 띄운
카네이션의 환한 미소마저도
한 잎 두 잎 눈물 되어 떨어진다

유채꽃

땅이 유채꽃을 바치니
하늘이 내려와
입맞춤으로 화답한다

이 광경에
누가 오라 부르기도 전에
사람들이 몰려와
노랑 강물 속에 빠진다

유채꽃밭에서 허우적거리면서도
내 마음은
당신에게서 떠날 줄 모른다

노란 물감을 뒤집어 쓴 채
나는 질투의 화신이 되어
당신을 기다린다
당신 있는 곳에 눈화살을 쏜다

고향 친구들

고향이 그런 거였다
한 우물물을 나눠 먹고 마시고
앞내는 한 동네 공동빨래터였다
농사도 서로 돌아가며 품일을 해주고
남의 살림을 제집처럼 훤히 꿰뚫었다

어른들을 보고 듣고 자라는
우리들도 마찬가지였다
고향의 단물에 유년의 꿈을 담그고
함께 배우고 함께 놀았다
가진 것은 나누고 없으면 빌려서 썼다

하나둘 고향을 떠나고
많은 세월은 무쇠도 녹이지만
도시에 흩어져 살아도 우정을 지킨다
누구 남편 누구 엄마로 사는 동안
이름 불러준 건 친정 식구 외 고향 친구들뿐

고향 어른들 하나둘 세상을 떴고

고향 산천도 많이 변했으니
'어깨동무' 친구들아 너희가 내 고향이다
팔십이든 구십이 됐든 그 때도
서로의 이름을 부르며 놀자

*어깨동무 : 고향 친구들 인터넷 카페명

풀벌레 울음소리

종일 바쁘게 쫓아다니다
노을을 보며 돌아온다
불을 켜서 어둠을 털어내고
내 안의 나로 돌아온다

작은 풀벌레가 울고 있다
아무도 듣는 사람이 없다
보이지 않는 숲 속
내 안에서 내가 울고 있다

눈물에 시름을 담고
풀잎에 잠이 든다
꿈속에서 님을 부르지만
님은 알지 못한다

섬 하나

맑은 날엔
멀리서도
네가 보인다
나를 보고 웃고 있는
네가 보인다

흐린 날엔
가까이에서도
너를 볼 수 없다
등 돌리고 울고 있는
네가 보일 뿐이다

행주와 걸레

행주는 부엌에서
그릇의 안팎을 씻는다
걸레는 목욕탕에 쪼그리고 있다가
집 안팎을 닦는다

행주는 입 부근의 일이라서
걸레는 발바닥 부근의 일이라고
사람들이 깨끗하다 더럽다는
생각으로 나눈다

하루에 한두 번
행주와 걸에가 햇빛 속에서
젖은 땀을 말릴 때
둘은 서로의 마른 몸을 위로한다

님

님이 와서 만든 자리
이제 가 버린 빈 자리
무엇도 대신 할 수 없어
꿈속에서 찾아간다

여기인가 저기인가
어디선가 부르는 소리
돌 밑도 들쳐 보고
가랑잎도 헤쳐 본다

그렇게 갈 양이면
하필 내게 다가왔나
우리 함께 노닐던 날은
꿈이든가 생시든가

놀이를 추억하며

그 시절엔 주변에 널린
돌멩이, 흙과 풀, 나뭇가지
보이는 게 모두 장난감이고
들이나 산이 놀이터였다
농사를 거들거나 땔감을 하거나
소에게 꼴을 먹이는 일까지
일이면서 놀이였다

달래의 긴 이파리로는
새각시 머리땋기를 했다
새 풀잎은 연약하지만
언 땅을 뚫은 힘
남다른 뒷심을 발견한 건
둥근 뿌리의
매운 맛을 본 후였다

능소화 연가
— 전설에 부쳐

복숭아빛 얼굴과 학鶴같이 긴 목
궁녀 소화를 왕이 품었다는데
하룻밤에 만리장성도 쌓는다는 꿈
하루아침 물거품이었네
뭇 사내가 눈독들인 그 자태로
왕 하나를 호리지 못하고
소박맞고 눈엣가시로 남았다네
살아서 잃은 세월
저승에서도 놓지 못하고
능소화의 외곬 사랑은
피눈물로 담벼락을 적시네
하루살이 사랑이라도
혼자 손해 볼 일 아니라며
불나방들 또 불 속으로 뛰어드네

솔잎 사랑

가을에도 불타지 않고
겨울에도 시들지 않는
사랑은 푸르다

내가 가루가 되어서라도
당신의 상처를 덮을 수 있다면
당신의 귀와 눈을 밝힐 수 있다면

바람에 솔솔 향기를 띄우며
지칠 때 언제라도 오라고
손짓하는 솔잎 사랑

어깨동무 내 동무

꽃밭에 봉선화, 채송화, 맨드라미
저마다의 얼굴과 이름으로 뽐내는데
그 틈에 나도 얼른 끼어들어
주름꽃을 보태고 있다

가만히 보니 고향땅 홍천에서부터
오랫동안 낯익은 얼굴들이네
꽃 하나마다 떠오르는 얼굴들
바로 옛 친구 너희들이구나

한참만에 동창회서 만나던
가까운 친구라서 더 자주 보던
어릴 때 어깨동무 내 동무는
끝까지 함께 하는 영원한 친구

무궁화축제

아침고요수목원에
세계 무궁화 200여 종이 다 모여들어
8월 15일 조국광복의 달에
무궁화축제를 펼칩니다

토끼, 춘앵, 불새, 산처녀
에밀레, 내 사랑, 서봉
무궁화가 이름표를 달고 있어서
가만히 이름을 불러봅니다

갑자기 휴전선이 졸라맨 허리를 풀고
남과 북이 막혔던 숨을 뿜어내니
한라산에도 백두산에도 태극기 휘날리고
백두대간에 줄지어 무궁화가 피어납니다

'무궁화 무궁화 우리나라꽃
삼천리 강산에 우리나라꽃'

어린아이 때부터 기다린 통일님
제발 좀 만나봅시다

향나무

그늘이나 물 마른 곳에서도 살아요
공기 나쁜 도심에서도 찡그리지 않아요
어떤 곳이든 꿋꿋이 버텨요
누구도 탓하지 않아요

늘 푸른 나무로 살아요
몸 냄새도 향그러워요
도끼로 찍어도 톱으로 썰어도
진한 향기를 놓치지 않아요

배움의 시절

교실을 찾아들어간 첫 수업에서
서먹해 하는 내게
커피를 건네 준 시인은
웃음이 시원한 멋쟁이였고
이미 시집을 출간한 회장님 또한
회원들 감싸는 품이 크신 분이었다
모두 따뜻한 사람들이었다
선생님은 우리들의 손을 잡고
'시의 길'을 찬찬히 걸으셨다
읽고 쓰고 배우면서 두 해가 지났던가
이런 저런 사정으로 끝났지만
시를 들려주시던 선생님 목소리
어느 자리에 누가 앉아 들었는지도
눈 감으면 다 보인다
교실문을 활짝 열고 들어가보고 싶다
늦깎이 시인으로 부름받은
삶의 도전이고 전환점인 그때 그 자리로

4부

동강할미꽃

동강할미꽃

여자로 태어나서
가난한 어미라서
죄인이던 우리 할머니
숙인 얼굴 늘 붉었지만
할머니 예쁜 게 무슨 죄나요
땅에 코 박고 죽은 시늉으로
세상에 등 돌리고 사는 건
더욱 아니다 싶어요

난 얼굴 들고 자랐죠
맑은 강이 부르는 소리
따라갔어요
더듬거리며 바위에 올라
동강에 얼굴 맑게 헹구고
하늘을 바라보았죠
구름 따라
산 넘어갈 때 있어요

은행나무 아래서

용문사 부처님께 잠시 들렀던
가을은 산을 내려가지 않고
천 살 어른 은행나무집에 머물며
푸른 잎으로 황금지전을 만든다
그저 한때 보는 것만으로도
즐거워 할 사람들을 위해서다
드디어 산을 떠날 때는
홀딱 털어 버린 황금지전 사이에
은행알을 가득 떨어뜨려 놓았다
실속을 찾는 사람들을 위해서다
이렇거나 저렇거나 어쨌든
용문사 은행나무 아래에서
중생들은 가을을 만나 행복하다

한강

태백산 검룡소에서 내려와
높고 낮은 골짜기를 흘러오다가
반도의 중부를 당당히 가로질러
서해로 나아가는 강이여

작은 물들이
바위에 부딪치며 돌에 찔리며
때때로 흙탕물을 뒤집어쓰며
오직 한 길을 걸었다

세상에 강도 많지만
오직 겨레의 숨결을 담아 흐르는
우리의 땀과 눈물의 한강
이제 세계의 가슴으로 흘러간다

1988년 올림픽과 2010년 월드컵 16강
G20 정상회의와
박지성과 김연아와 박태환의
젊은 웃음의 물결로 흘러간다

봄이다

3월이면 찾아와
봄비로 산과 들의 몸을 씻기고
남루한 옷을 벗겨내어
푸른 옷을 입힌다

번식을 원하는 땅에
생명의 싹을 틔워주고
갖은 꽃들로 머리를 장식해 준다
그의 손길에 아름다워지는 천지

개구리나 뱀의 겨울잠을 깨우고
사람들의 웅크린 어깨를 펴주며
햇살 속에서
자연과 더불어 뛰놀게 한다

2011년에도 봄은 찾아왔다
지진으로 앓는 지구촌을 일으키어
헝클어진 머리를 빗질하고
밝은 희망의 옷을 입혔다

마법의 봄

이 봄은
어디에 숨었다가
튀어나오는가

거친 북풍을 어디로 보내고
쌓인 눈을 어떻게 녹였는지
땅에 뿌리를 대고 있는 풀이나
마른 가지마다 잎과 꽃을 달아 주고
개구리나 뱀의 긴 잠을 깨워 준다

후쿠시마 대지진이 일어나고
방사성비에 사람이 쫓겨도
봄은 아무 일도 없었던 것처럼
씩씩하게 지구를 돌아다닌다
가는 곳마다 활기가 넘쳐난다

사람이 뽐내는
과학의 기술로
겨눌 수 없는 힘이 아닌가

옥상 꽃밭

슬라브 지붕 한켠에
두어 평 마당을 올렸습니다
흙 몇 짐 얹고 돌덩이 몇 개 앉혔는데
동네 바람이 벌써 알고 들렀습니다
뿌린 꽃씨 잠 깨기도 전에
흙 따라 온 민들레, 냉이꽃, 제비꽃
풀꽃들이 먼저 눈을 떴어요
진달래, 개나리가 차지하더니
어느새 봉선화, 채송화가 들어섰네요
사람은 가는지 오는지 모를 때 있는데
꽃들은 오가는 게 잘 보입니다
사는 모습도 투명하네요
거센 장마철 물세례에
맨드라미 열정은 숯불처럼 피어나고요
자주달개비 입술은 파르르 떨립니다

들꽃

비탈에서 보았네
실바람에 떨고 있는
돌 틈의 작은 꽃

가냘픈 몸 앞에
발길 멈추어 바람을 막아주니
떨던 손발 잠잠해지고
보랏빛 향기 한 점 떨군다

정원의 꽃들 부러워 마라
사람이 돌보지 않아도
혼자 먹고 혼자 꽃 필 힘
주먹에 쥐고 태어났다

제발 같이 삽시다

골프장 건설현장 부근에서
보호식물 산작약이 목졸린 채
숨을 헐떡거리고 있다
인간의 놀이터로 땅을 빼앗겼다

누가 보호한다고 앞장섰을까
누가 그 말을 뭉개 버렸을까
들이닥친 강제철거에
마지막 숨을 놓쳤다

날벼락 맞은 이파리 집에서
애벌레 한 마리 기어 나와
살집을 구하러 가면서
인부를 힐끗 째려본다

'배고프지 않을 때도 먹고
살 곳도 아닌데 땅을 뺏고
인간들 대체 왜 그런 거요
이 땅에 같이 좀 삽시다'

화수분

옥상에 올라가
햇살 퍼지는 아침을 맞는다
비둘기가 나를 반긴다
밤이슬 머금은 봉선화와 채송화가
눈인사를 보낸다

이에 질세라
상추가 손을 쑥 내밀고
힘이 넘치는 고추와 가시 사이에서
토마토는 뺨을 발그레 붉힌다
모두가 나를 기다렸단다

이 녀석들
어제와 다름없이 오늘도
내 장바구니를 그득히 채우고
잃어버린 고향맛도
달아나버린 여름 입맛도 찾아온다

사람이 아무리 큰소리 쳐봤자

이런 이웃 없이 살 수 없다
아낌없이 나눠주면서
생명을 채워주는 옥상 꽃밭
우리집 화수분에 푹 빠져든다

여름 꽃밭에서

봉선화 앞에
채송화
맨드라미 옆에
자주달개비
분꽃 뒤에
다알리아

여름에 핀 이 많은 꽃들
씨 뿌리지 않았다면 볼 수 없네
행복의 씨앗
나눔의 씨앗
착한 씨앗
심은 대로 거둔다네

골목길에서

가면서 오면서
누가 빈 담배갑을 소리없이 던진다
아이가 음료수 비운 깡통을 휙 던진다
자전거로 달리며 야한 명함을 뿌린다

나는 오면서 가면서
집 앞에 버려진 휴지를 줍는다
여기 저기 떨어져 있는 꽁초를 줍는다
길바닥에 들러붙은 껌을 뗀다

같은 골목인데
누구는 쓰레기를 버리고 누구는 줍는다
외국영화에서 거리 꽃밭을 가꾸는 걸 보았다
누가 시켜서 하는 건 아니었다

봄눈 속에서

서울은 비가 온다는데
산 속엔 흰 꽃들이 다투어 피어난다
오색 꽃들이 피기 전
지상의 더러움을 씻어내려나

캄캄한 어둠 속에서
동안거를 마친 새싹들이
막 감은 눈을 뜨려는 순간
그렇게 쉽게 보여주지 않는다

웅크린 손가락을 힘껏 내밀어 보는데
찬 눈송이가 어린 손을 잡는다
움찔하면서도 기죽지 않는다
땅 속에서 쌓아온 꿈이 있기에

눈 앞에 펼친
세상의 하얀 도화지 위에
그 동안의 생각들을 그린다
푸르게 조금씩 푸르게

시냇물은 말한다

시골 마을 어귀에서
맑은 물이 송사리들과
간지럼을 먹이며 놀고 있는데
바람이 손가락으로 콕콕 찌른다

물이 이마를 찌푸리며 말한다
제발 바람아 내 곁을 떠나다오
이 잠깐 휴식조차 방해하느냐
여기 이르기까지 산전수전 다 겪었다

때론 가시에 찔린 발을 절뚝거리고
때론 돌팔매를 맞고 피를 흘리며
먼 길을 흘러 왔다
아직 갈 길도 멀다

언제 절벽에서 굴러 떨어져서
산산이 부서질지 모른다
허공으로 사라지는 나의 슬픔을
사람들은 그들의 기쁨이라 말한다

호수공원

1. 벚꽃잔치

일산 벚꽃은 호숫가로 꽃띠를 둘렀다
호수 속에서는 꽃띠가 잔잔히 흔들린다
한 편으로 꽃눈 지는데
한 편으로 꽃눈 뜨고
이 땅 어디서나 생명은 그러하더라

2. 선인장

날씬한 몸매도 아닌데
가시를 잔뜩 세우는 폼이
화려한 얼굴 때문이 아닌가
황량한 사막 타는 목마름 속에도
神은 과연 저런 꽃을 선물한다

3. 오리

땅에서는 뒤뚱거리지만
물 속에서는 몸놀림이 매끄럽다
짧은 다리도 다 감추고
몸은 유연하다
누구에게도 빛나는 순간은 있다

추수 이틀 전

진흙탕에 발목 꽉 잡혀 있었다
그 뒤에는
불볕 쇠꼬챙이가 등을 찔렀다
어른이 되는 길이었다

농부와 흙은 나를 낳은 어버이고
햇빛과 비와 바람은
호되게 채찍질해서
나를 키운 스승이다

벌레가 해칠세라 병이라도 날세라
농부는 꿈에서도
자기 얼굴에 김을 매고
손등의 풀을 뽑았다

세상에서 받은 목숨과 사랑
돌려줄 날이 왔다
고개 숙여 감사할 때
밀레의 종소리 들녘에 밀물진다

물폭탄

수려한 이 강산도
오랜 장맛비에 수척해졌다
농촌이고 어촌이고
병든 몸이 정신없이 앓는다

하늘을 찌를 듯
위세를 자랑하는 도시 복판에서
물폭탄 맞은 사람은 쓰러지고
도로는 강물이 되어 흐른다

순한 사람을 물 같다고 했던가
물맛 제대로 보는 건가
구멍 뚫린 하늘에서 폭탄은 쏟아지고
나도 슬픈 강이 되어 흐른다

방생

그제 우리는 강에서
각자 비닐봉지에 담아둔
한 마리 어린 자라를
강물에 놓아주었다

오늘은 풀섶에서
고개 쑥 내민 풀꽃 한 송이
가까이 다가가서 내밀던 손
얼른 거두어 들인다

앉거나 서거나 달리거나
기어가는 것도 마찬가지
함부로 가두지 못할
제나름 목숨이 있다

5부

머물다 떠난 자리

해녀

굵고 가는 새끼줄로 이리 저리
이엉 엮은 초가지붕
쓰러질 듯 비틀거리는 오막살이지만
풀솜같이 따뜻한 정이 서려 있어
파도치는 바다에 가지 말라고 잡는다

그러나 바다는 내버려두지 않는다
기다리며 몸부림을 치다가
집 앞까지 와서 불러낸다
깊은 바다 속에서도
전복, 해삼, 멍게가 기다리고 있다고

발목을 잡는 집을 달래놓고
바다 앞에 선다
뭍에 집을 두고
평생 바다에서 살아왔다
어쩌라고! 바다는 목숨이었다

개미

햇살을 수 없이 쏘아대며
잠든 세상을 깨우면
개미는 오늘도 제 할 일을 찾아
가냘픈 몸을 끌고 사방을 헤맨다

발바닥이 갈라지고
손톱은 뭉그러지고
잡힐 듯 말 듯 얻은 소득에서
땀내가 풀풀 난다

개똥밭에 굴러도 이승이 좋다더니
하루를 사는 일
태어날 때 진 빚
오직 갚으면서 살라는가

세상의 이마 위에
짧은 다리를 쭉 뻗어놓고
꿈속에서도
내일의 햇살을 다듬는다

대한의 건아

— 전역을 축하하며

재롱부리고 보채던 어린 네가
국방의무를 다 마친
늠름한 청년이 되었구나

쏟아지는 졸음에 자면서도 걸었다지
고된 훈련에 입술 터지는 날 많았다지
너 보초 선다고 오던 잠도 날렸는데

피와 땀으로 얼룩진 시간들은
조국과 너를 묶어놓은
끈끈한 힘이 되었으리

입대를 앞둔 후배들에게
건강한 몸과 구릿빛 얼굴로 말하라
조국을 잘 부탁한다고

지하도에서

지하도로 천천히 내려가다 보면
계단 입구 혹은 중간쯤에서
부러진 등걸 같은 사람이 있다
몸은 계단에 풀 붙인 듯 납작하고
구걸할 깡통만 바짝 고개를 들고 있다
돈보다 자주 헛바람만 들락거리고
쓸데없는 눈길만 훑고 지난다
이 하루 운 좋게
한 끼 때웠다 하자
주운 꽁초로 입가심을 했다지만
내일은 여기를 뜰 수 있겠나
사람이라면 분명 갈 곳이 있어야지
무슨 고향이라도 되는 듯
무슨 집이라도 되는 듯
눈화살 쏘아대는 허공으로 돌아온다

바퀴 달린 지폐를 따라

이른 새벽에 눈 비비며
늦은 밤에도 졸음을 참으며
문 박차고
찬 공기 가르며 너를 찾으러 간다

짐승도 거들떠보지도 않는
네가 뭐길래
고작 백 년도 곁에 머물지 못하는데
사람들은 너를 쫓아 전쟁이다

안하무인이고 천방지축인 지폐
사방팔방 바퀴 달고 지구를 돈다
학교, 시장, 병원, 음식점이나 패션가에서도
너는 판을 친다

결혼식장이나 장례식장에서까지 설친다
버젓이 사람을 제치고 나선다
그래서 이제는
사람들도 바퀴를 달고 지폐 잡으러 다닌다

불탄 집

평온하던 집의 부엌에서
갑자기 물이 끓기 시작했다
불붙인 자는 누구일까

한 아이의 엉뚱한 불장난
물은 졸아들어 냄비까지 태웠는데
그때까지 구경만 하던 사람들

강 건너 불 보듯 지나친 사이
물은 불이 되어
집 한 채를 허물고 꺼졌다

무너진 집터에서 부끄럽다
혼자라도 헤집고 들어가
먼저 끄지 못했던 불씨

파리

살겠다고 널린 음식에 입질인데
네 멀뚱멀뚱한 눈이 싫고
아무데나 앉는 손발이 더럽고
싫다는데도 달라붙으니 진저리다

다만 눈여겨 볼 때가 있으니
무릎 꿇어 잘못을 빌 때다
앞발 뒷발 다 모아 빈다
손톱만한 몸에 양심까지 달았다는 것

많이 배우고 많이 가지고
아주 잘 생기고 아주 깨끗한 사람도
파리처럼 날아다니는 걸 보았다
잘못해도 용서 같은 건 빌지 않는다

마부
— 옥수수 축제

오늘은 홍천의 옥수수 축제
객지에 살던 친구들과
마차에 오른 방문객들 모두
옥수수마당에서 하루 뒹군다

보릿고개를 넘겨주던 옥수수
추억의 쌉쌀한 지난 세월은
전국에 이름을 알리는
고소하고 달콤한 맛을 되찾았다

오늘도 군민을 마차에 태우고
마부는 힘차게 페달을 밟는다
거침없이 달려가는 우리 고향
마부의 이마에서 구슬땀이 흐른다

오르막에는 마부가 빠르게 끌어가고
내리막에는 군민이 천천히 당기며
마차가 맘대로 멎거나 굴러가지 않게
군민 모두 사랑과 힘을 합친다

군고구마 장수

군고구마 장수 부부
큰길가에
삶터를 잡았다

배가 고픈지
아니면 추워선지
엄마 등에 업힌 아기가 칭얼댄다

방과 후에 친구들과 삼삼오오
군고구마를 까먹으며 걷던
겨울은 참 따스하고 구수했다

앞만 보고 가는 사람들 틈에서
혼자 군고구마 한 봉지를 사는데
아까부터 내리는 눈발이 앞을 가린다

겨울밤
— 자취생의 일기에서

대낮부터 오는 눈 속에
집도 길도 묻혀 가고
코도 귀도 얼얼해지면서
마음에 고드름이 주렁주렁하다

저녁엔 눈바람이 몰아치면서
천지는 몸부림치는 소리
어둠이 빨리 몰려오고
책은 눈에서 자꾸 멀어진다

엄동설한의 이 밤에
누가 '찹쌀떡'을 외친다
소리가 맛있게 들릴수록
빈 주머니만 더 휑하다

배고픔에 시달리는 나와
눈 속을 헤매는 찹쌀떡 장수
어둠 속을 헤매는 겨울밤은
싸움이 끝날 줄 모르는 전쟁터다

뭉게구름
— 외국인 노동자의 노래

신천지를 찾아 이역 만리
타국에서 어언 수년 지나니
백발이 먼저 알고 찾아와
더불어 살자고 떼를 쓴다

땅도 인종도 언어도 음식도
모두가 낯설어
하루 종일
어디 맘 붙일 데 없지만

밤낮 일 배우고 일한 덕에
살아가는 품새가 좀 잡히니
이제야 고국이 어른거리고
고향이 왈칵 눈에 잡힌다

국경 없이 어디든 가는 저 구름
다시 고향 간다 하길래
소식 몇 자 써서 구름에 부친다
돌아갈 고향 있어 정말 고맙다고

수리공

까맣게 그을린 몸에서
그의 하루가 묻어난다

마음이 하얀 일꾼의 손길은
이 땅 구석구석까지 파고들며
안 가는 곳이 없이 바쁘다

땀에 절은 작업복이면 어떠랴
때 낀 운동화면 어떠랴

그의 손은 약손이다
무너진 곳을 일으켜 세우고
망가진 것들의 숨결을 터준다

주막집에서

문 밖에서
거센 비는 두드리는데
불 지핀 가마솥에서 끓는 물
집안을 뎁힌다
나그네 추운 몸을 안아주는
어머니 품속 같다

살림에 닳은 주모 손이나 내 손이나
세월 걸린 건 마찬가지네
주모가 막사발에 부어준
막걸리 한 잔에
나이도 피곤도 삼킨다

술상에 올라온 찐 옥수수
빗소리도 한 자락도 깔린다
두부 자르듯 맺고 끊는
도시풍 계산법을 떠나니
작은 게다리소반 위
산골인심이 넉넉하다

전화

서울 물난리 무섭더라
너의 집 괜찮지
한 친구가 안부를 물어 왔다
또 한 친구도 걱정하듯 묻는다
물론 무슨 일 없다는 걸 안다
알면서도 하는 안부
좋은 하루가 되라는 뜻이다

시도 때도 없이 걸거나
누구를 헐뜯거나
슬쩍 자기 스트레스를 옮기거나
이래 저래 말꼬리 무는 사람
무슨 일 없을까 잔뜩 심심하다
괜히 하는 안부
그냥 일 없이 해 보는 거다

씀바귀 이야기

전철역 계단에서
씀바귀 한 단과 풋고추를 삽니다
봄내 흘린 땀이 흙탕물에 잠긴
논밭을 뒤로 하고
후줄근히 구겨진 아낙은
도시의 벼랑에
저렇게 쪼그리고 앉아
시장을 펼친 걸 보니
먹고 사는 일 참으로 만만치 않군요
오늘 저녁 밥상에 씀바귀무침을 올려서
식구들의 잃어버린 입맛을 돌려보겠습니다
세상의 쓴맛을 달래는 초고추장 맛도
알게 되겠지요

머물다 떠난 자리

옥탑방은
일터에서 돌아와
그가 쉬는 집
그가 자는 방이었다

폭우는 논밭을 쓸고
가두리 양식장을 끌고 갔다
사람들의 목숨을 삼키고
그의 일감을 뺏어 갔다

굶어 죽었는지
병들어 죽었는지
스스로 목숨을 끊었는지
알 수 없지만

방 안은 텅 비어 있었다
배고플 때
외로울 때 피웠을 담배
꽁초 남긴 재떨이 한 개뿐

외딴집 가을 풍경

산속 외딴집의
싸리문 활짝 열린 안마당
멍석에 널린 빨간 고추가
물기를 말리고 있다

닭장 안 어미닭은 병아리를 몰고 다니며
먹이를 쪼고 있다
마루 한켠에서 고양이는 졸고
댓돌 옆 어린 강아지는 캥캥거린다

할아버지 등에 업힌 손자
머리 떨군 채 깊은 잠에 빠져 있다
고기 한 점 놓지 못한
점심상이 부끄러워
며늘아기는 얼른 아이부터 받아 넌다

소박한 소반 위에 된장냄새 솔솔
며늘아기 손맛이 집안을 감도는데
김치 한 가닥 쭉 찢어 얹은
할아버지 푸짐한 밥숟가락을 보자
시장기가 왈칵 몰려온다

자연, 그 근원적 삶의 뿌리

– 민경옥 첫 시집 《늦게 뜬 별》의 시세계

김 현 숙
시인 · 한국문인협회 이사

1. 들어가는 말

'시는 시인의 얼굴' 이라고 말한다. 시로 그 사람을 볼 수 있기 때문이다. 시란 사람이 쌓아가는 삶의 노래이므로. 사람이 먹고 일하고 자는 일상이 얼핏 같아 보이지만 생각에 따른 삶의 표현 방법은 다 제각각이다. 이처럼 각 시인의 한 편 시마다 그만이 접한 시간과 공간에서의 환경적 체험이 있고, 거기 연관된 상상적 사유와 표현이 다르기 때문에 보편적 진실이라 하더라도 차별화 되어 나타난다. 한 사물에서 똑 같은 체험을 똑 같이 이미지화 한다면 시와 시인의 존재감은 없으리라.

만약 일찍부터 시인의 길을 걸었다면 몇 번째의 시집이 될 텐데, 민경옥 시인의 평생 삶이 들어있는 한 권의 첫 시집이라는 무게에 부담이 되어 잠시 망설였지만 일상의 삶을 발설하지 않고 오래 묵혔다 건져낸 진실을 한 번 알아보고 자 했다. 그리고 제1부 자신의 삶 자체로 보여지는 첫 단원의 첫 페이지에서 한 편의 시 〈잡초〉는 그의 얼굴을 또렷이 드러내 보이는 데 충분했다. 사람들이 대수롭지 않게 스쳐 지나칠 잡초는 분명 아니었으므로.

> 누가 돌봤으랴
> 지금은
> 어디 기댈 곳도 없지만
> 이 땅에 온 것만도 축복 아니랴
> 햇살과 바람
> 눈과 비를 힘껏 들이마시고 내뱉었다
> 이들은 모두 나의 이웃이었다
>
> 곁에서
> 하늘을 오르는 나무들
> 큰 키를 시샘하지 않고
> 다투어 키재기하는 빌딩을
> 문명이란 이름으로 사귀었다
> 주어진 땅, 주어진 시간을
> 두 팔로 껴안았다

- 〈잡초〉 전문

보호막인 울타리가 없는 잡초지만 "햇살과 바람/ 눈과 비를 힘껏 들이마시고 내뱉었다"로 알 수 있듯이 주어진 환경에 어쩔 수 없이 반응하는 게 아니며 취하고 버리는 적극적인 자세를 취할 뿐 아니라 빌딩으로 상징되는 문명적 사회

환경도 껴안는 당당함은 신선한 충격이다.

그의 시에는 나이가 보이지 않는다. 그래서 빠르게 돌아
가는 시대적 흐름에 대한 반감이나 회한도 없다. 점차 바뀌
는 문명적 환경을 취해야만 삶을 꾸려갈 수 있다는 입장에
서 자신이 삶의 주인으로 살겠다는 자각 때문이다. 현대의
속도감을 거부하지 않는 데는 편리함 외에도 사람의 본성과
도 같은 자연, 즉 변화마저도 하나의 순리로 받아들이는 자
연스러움이라는 뿌리에 삶을 대고 있기에 가능하다. 이 성
향은 시의 전편에 걸쳐 있으며 '더불어 사는 세상'이라는
전제는 자신을 어느 비교의 존재로 설정하지도 않는다. 다
만 존재의 묵묵한 행보로써 자신의 몫을 수행하며, 다양한
삶을 이해하고 수용하는 넓은 품을 가진 시인이다.

2. 펼치는 말—민경옥의 시세계

1) 근원적인 존재론

분명 역사는 바다와 같은 도도한 넓이와 깊이를 가진다.
그러나 바다로 흘러가는 개개인의 물줄기가 모여 있다. 시
는 한 사람의 시인이 쓰는 개인의 역사다. 거기에는 시대 속
에 편입된 개인의 삶이 숨쉬고 있다.

첫 장에서 만난 풀의 생기는 군데군데서 발견되어 전체적
흐름을 주도하고 있다. 주어진 삶이 이렇다 할 특별한 전문
성을 띤 건 아니고 갑남을녀의 평범한 삶일지라도 그의 시
선은 늘 담장 너머 넓은 세상으로 뻗고 있다. 말하자면 사회
적, 역사적 관계 속에 놓인 자신을 바라보는 것이다.

꽃밭에
봉선화 피었다
꽃 속에
어머니 얼굴 들어있다

농촌으로 시집 온 어머니
안 해 본 논밭 살림까지
부엌에서 샘터로 닭장으로
종일 땀으로 목욕했다

어느 여름밤 별 아래서
"엄마처럼 살지 마라"
어린 손가락 꼭 잡고
손톱에 놓던 꽃물

그 해 여름 끝나도록
지워지지 않았다
무딘 손톱 끝
아직도 봉선화 핀다

— 〈봉선화〉 전문

여자로 태어나서
가난한 어미라서
죄인이던 우리 할머니
숙인 얼굴 늘 붉었지만
할머니 예쁜 게 무슨 죄나요
땅에 코 박고 죽은 시늉으로
세상에 등 돌리고 사는 건

더욱 아니다 싶어요

난 얼굴 들고 자랐죠
맑은 강이 부르는 소리
따라갔어요
더듬거리며 바위에 올라
동강에 얼굴 맑게 헹구고
하늘을 바라보았죠
구름 따라
산 넘어갈 때 있어요

– 〈동강할미꽃〉 전문

위 두 편의 시에는 잡초나 마찬가지인 풀꽃, 어머니와 할머니 두 분이 있다. 전력이 워낙 부족하던 그때는 사람의 노동력이 지금의 기계와 전력을 대신했다. 식수를 사서 마시는 오늘날, 길을 걷다 만나는 강이나 계곡의 물을 거리낌 없이 마실 만큼 청정한 산천이었음을 상상할 수 있을까. 바로 '남자는 하늘, 여자는 땅' 이었던 시절이었다.

시 〈봉선화〉로 기억되는 어머니의 삶은 한 마디로 종종걸음이었다. 농촌에선 하루일의 분량은 하루시간으로 모자랄 정도였다. 그저 그렇게 사는 것이려니 하면서도 딸만큼은 자신보다 나은 삶을 기대했기에 쉬어야 할 밤에 딸의 어린 손톱에 꽃물로 꿈을 새겼으리. 그 간절한 바람은 딸의 가슴에 평생 피어 있다. 그래서 결국 어머니의 손 모양새를 닮아가면서도 또 하나의 놓칠 수 없었던 건 '시' 라는 꽃물로 내면을 물들이는 삶의 비결이었다.

어머니의 윗대인 할머니의 처지는 어떠했을까. 여자라서 죄인이고 더구나 '미인박명'이라고 가난한 게 자기 팔자라서 예쁜 얼굴을 죄처럼 덮고 살아야 했던 것이다. 세대별로 할머니보다는 어머니의 생각이 한 발 앞서 개화의 물결을 감지했고, 어머니의 딸은 태어난 산중에서 내려와 상징적 이상향인 '동강'이라는 맑은 물가에서 주체적 삶을 선택한다. 여기까지는 시인 자신의 자의식의 근원이 시대적 환경에 예속되었던 여인의 삶이라는 뿌리에서 추출되었음을 알리는 근거다. 그러나 〈동강할미꽃〉에서 보듯이 고개 숙이고 살던 할머니代의 깊은 산중을 빠져 나와 강이라는 거울에 자신을 비춰보며 비로소 거기 하늘과 구름도 만나는 개안의 시기를 맞이한다. 바로 머리 위, 고개 숙이고는 볼 수 없었던 것들을 강물을 통해서 본 것이다. 나아가서 잡초일망정 사유思惟라는 통로로 현대의 상징인 초고층의 빌딩에게도 마음을 연다. 잡초로부터 거슬러 올라간 민경옥 시인의 개인사에서 우리 여인의 역사라는 보편성을 유추할 수 있다.

밥을 놋그릇에 담아내지 않은지 이미 오래 됐다. 현대의 발 빠른 속도감에서 생활 속의 무거움을 덜게 되고 기계적인 복잡한 구조적 삶이 요구되었다. 현대시에서도 이와 같이 삶을 담아내는 새로운 형식과 질서가 필요했다. 함축된 한 편의 시는 있는 사실보다 더 설득할 수 있는 이미지를 창출해야 한다. 시는 사물이 시인의 직관과 상상력의 형상화를 거쳐 태어난다. 언어 또한 이 모두를 유효하게 할 수 있는 새로움이 요구된다. 모든 언어(시어가 따로 없다)를 사용하되 단어와 단어 구절과 구절이 조합하여 새로움으로 거듭

나야 한다. 그 과정에서 '여리지만 질긴' 여성의 특성과 시대별 차별화를 고향 풀꽃의 소재로 잘 끌어냈다고 본다.

〈동강할미꽃〉 제2연에서 "맑은 강이 부르는 소리/ 따라갔어요" 그래서 "구름 따라/ 산 넘어갈 때 있어요"에서 예쁜 얼굴 숙이고 살던 할머니와는 다른 열린 삶을 추구하고, 〈봉선화〉에서 "엄마처럼 살지 마라"는 소극적인 어머니의 삶에서 벗어나 〈동강할미꽃〉에서 "더듬거리며 바위에 올라"의 적극적인 삶을 개척하며 더 나아가서는 〈잡초〉에서 문명에 적응하는 모습까지 세 편 다 다른 세대와 그 삶의 방식을 이미지화 하는 데 성공했다.

　　　구름 한 점 없는 하늘
　　　달빛 대신 별들의 축제다
　　　어른별 아기별

　　　저마다 끼를 뽐내며
　　　한바탕 놀고 간 뒤

　　　수줍은 별 하나
　　　함께 못하고 주저하다
　　　살짝 고개 내밀었는데

　　　드넓은 하늘에
　　　홀로 빛나는 얼굴
　　　밤의 가슴에 또렷한 문신
　　　　　　　　　　　－ 〈늦게 뜬 별〉 전문

학창시절의 문학에 대한 열망을 끝내 버릴 수 없어 그는 뒤늦게 습작해 온 시를 친구들과의 대화방에 한두 편씩 올리다 친구들의 권유와 격려로 시 공부를 시작하게 되었다. 시 〈황혼에 불지폈네〉에서 말하듯 송파문화원에서 시작한 공부가 몇 해를 넘기고, 시 〈등불〉에서 밝힌 바와 같이 시인이 되고 시집을 상재하는 오늘에 이르게 된 것이다. 시집 제목을 '늦게 뜬 별'이라고 정한 것에 충분한 이유가 되리라고 본다. 꼬박꼬박 출석해서 열심히 듣고 노트하고 질문하던 모습이 참 인상적이었다.

그가 시인이 되었을 때 맨 먼저 달려간 곳이 아마 어머니의 무덤이 아닐까 싶다. 늦깎이 시인으로서 "저마다 끼를 뽐내며/ 한바탕 놀고 간 뒤"에 포기하고 돌아가는 것이 아니라 "홀로 빛나는 얼굴/ 밤의 가슴에 또렷한 문신"은 자존의 예고편이다. 누구와의 경쟁이 아닌 다만 자신을 닦으면서 담담히 길을 가기로 결심한 것 같다.

2) 諸行無常(제행무상)의 불교관

그는 불교신자이다. 그래서 세상사를 인과응보의 업보로 받아들이는 다소곳한 시관詩觀을 보이며 諸行無常(제행무상)이 그 축을 이루고 있다. 이는 열반경 사구게四句偈 "諸行無常 是生滅法 生滅滅已 卽滅爲樂"(모든 현상은 쉼 없이 변한다. 곧 나고 죽는 것은 생명의 법이니 생명의 집착을 버리면 곧 고요한 열반의 경지에 이른다는 것)에서 유래한 말로 '諸行無常'이란 우주의 모든 것은 한시도 고정됨 없이 변한다는 것이다. 이는 이미 생성된 것이 파괴된다는 것과 아직

생성되지 않는 것이 성장, 발전한다는 것을 동시에 의미한다. 사람이 병들어 죽는 것만이 아니라 말기 암환자가 병을 극복하는 것이나 아이가 어른이 되고, 꽃 피고 열매 맺을 수 있는 것도 무상이며 자연순리와 맥이 같다.

그는 대한민국의 변화무쌍한 세월을 감내한 세대가 아닌가. 열세 살에 이미 6.25동란을 시작으로 광복과 4.19 학생의거와 5.16 군사혁명, 또 5.18 민주항쟁을 거쳐 88 올림픽과 2002 월드컵 그리고 2018년의 동계올림픽 유치까지 보며 왔다. 또 문명의 발전과 맞물려 계속 진행되어 온 자연환경의 파괴며 이웃 일본의 2011년 3월의 대지진 같은 자연과 인공의 연쇄적 재앙도 보았다. 제행무상의 연속 속에서 그가 버티는 힘은 흐름을 필연적으로 받아들이는 자연스러움이며 흐름을 따라가면서 시작詩作으로 순간에서 영생을 얻는 일이다.

담쟁이는 무릎 꿇은 채
담을 기어간다
벽돌담은 사막처럼 건조하다
벼랑처럼 가파르다

나무는 천천히 하늘로 오른다
할아버지 나무가 퍼주는 샘물로 목을 축이고
아버지 나무가 받쳐주는 등을 밟고
새들의 노래를 들으며 자란다

납작 엎드린 담쟁이지만
밖으로만 도는 담장의

등짝을 찔러대는 땡볕을 막아주고
바람을 모아 부채질까지 해 준다

나무가 먼 하늘을
하염없이 바라볼 때
담쟁이는 가까이서
보고 만지는 사랑놀이에 빠진다
— 〈담쟁이의 사랑〉 전문

　나무와 풀이라는 태생의 차이보다 더 심한 대비를 보이는
것이 태어난 환경의 차이다. 나무가 질긴 뿌리의 근본을 갖
고 그 수혜를 누리는 것에 비해 담쟁이는 풀뿌리랄 것도 없
는 작은 발을 시멘트 바닥에 겨우 붙이고 담벼락을 기어오
른다. 그러나 만물이 그냥 만물이겠는가. 다른 모습과 다른
이름으로 지구상에 무늬를 짜고 있는 것이지 단일 문양이라
면 단조로움으로 질리지 않겠는가. 태생이 다 다르고 삶의
방식도 다 다르다. 이미 주어진 운명임에랴. 따지자면 큰 능
력은 없을지라도 자신의 노력으로 가까운 이웃을 행복하게
할 수 있다면 자기한테만 이로운 큰 재능보다는 더 보람 있
는 길이 아닐까. 따라서 그는 사랑을 줄 줄 안다. 그의 사랑
은 작고 여린 것, 개미에게로 다시 쏠리게 마련이다.

햇살을 수 없이 쏘아대며
잠든 세상을 깨우면
개미는 오늘도 제 할 일을 찾아
가냘픈 몸을 끌고 사방을 헤맨다

발바닥이 갈라지고
손톱은 뭉그러지고
잡힐 듯 말 듯 얻은 소득에서
땀내가 풀풀 난다

개똥밭에 굴러도 이승이 좋다더니
하루를 사는 일
태어날 때 진 빚
오직 갚으면서 살라는가

세상의 이마 위에
짧은 다리를 쭉 뻗어놓고
꿈속에서도
내일의 햇살을 다듬는다

— 〈개미〉 전문

사는 게 전생의 빚을 갚아나가듯 힘들지만 "세상의 이마 위에/ 짧은 다리를 쭉 뻗어놓고"에서 알 수 있듯 뜨뜻하게 살아가는 자의 당당함이 엿보인다. 만약 부정한 돈으로 넉넉하게 살아간다면 다리를 옹송그리고 누워서 뒤척일지도 모르잖는가. "내일의 햇살을 다듬는다"에서 보듯 이런 부지런하며 긍정적으로 살아가는 개미군단이 많아서 세상이 유지되는지도 모른다. 개미의 땀을 바라보는 시인의 시선엔 측은함보다 따스함이 묻어 있다.

이어서 〈행주와 걸레〉도 비시적인 소재의 시다.

행주는 부엌에서

그릇의 안팎을 씻는다
걸레는 목욕탕에 쪼그리고 있다가
집 안팎을 닦는다

행주는 입 부근의 일이라서
걸레는 발바닥 부근의 일이라고
사람들이 깨끗하다 더럽다는
생각으로 나눈다

하루에 한두 번
행주와 걸레가 햇빛 속에서
젖은 땀을 말릴 때
둘은 서로의 마른 몸을 위로한다

— 〈행주와 걸레〉 전문

    그가 소외되고 비시적인 소재에 관심을 가진다는 건 세상의 '좋다 나쁘다, 잘났다 못났다'의 편견을 지양하기 때문이다. 한 사물의 같은 모습이나 언행도 입장이나 상황에 따라서 관점이 달라진다. 먹고 배설하는 이런 순환은 균형이 깨어지면 살 수 없다. 그런데도 사람들은 감정적인 판단기준으로 차별하는데 그에 앞서 '易地思之(역지사지)' 해 볼 일이다. '작가는 세상 무명無明을 밝힐 조그만 불빛'이라는 소명의식을 가진다면 소외된 것들에 관심을 기울여야 마땅하다.

    바람이 비를 몰아

산비탈 길을 돌아가다
지팡이 하나에 몸을 실은
늙은 보살 굽은 등을 다 적신다

타는 목을 맨입으로 달리고
가쁜 숨 몰아쉬며 산을 올라
허름한 쌈지 주머니에 삼천 원 몽땅
부처님 앞에 바친다

앉고 서고
신음 쏟아지는 삼 배拜
부처님은 고개 끄덕이며
열 배拜 넘게 셈 치신다

사나운 비 훌쩍 산모퉁이를 돌아가고
등 굽은 보살의 지팡이
햇살 속에 반짝이며
늙은 보살을 부축한다

　　　　　　　　　　　　　　　- 〈등 굽은 보살의 기도〉 전문

　비행기로 세계회의에 참석하고, KTX를 타고 출퇴근을 하
는 동안에도 이 땅에 느린 삶은 공존한다. 늙은 보살은 불편
한 몸으로 멀고 험한 산길을 걸어와 부처님 전에 기도를 올
리는 신심이 두터운 사람인데, 그 나이 되도록 인연 지은 사
람들 다 어디 두고 오직 지팡이에 의지해서 오고 간다. 그렇
다고 주머니에 깊숙이 감춘 지전도 없고 더욱이 108배拜니

3000배를 올릴 젊음도 없다. 그의 타는 목마름을 부처님은 알고 계시기에 열배 스무배 넘게 기도값을 셈한 게 분명하다. 마지막 연聯에서 부처님의 가피가 햇살처럼 반짝거리면서 지팡이는 마법에 걸렸다가 깨어난 사람마냥 보살을 부축하는데 마치 영화의 마지막 장면과 같은 여운을 남긴다.

예까지 보듯이 민경옥 시인의 시는 주변에 널린 일상적인 소재선택과 수수한 언어의 차림이지만 가만히 들여다보면 간략하고 핵심적인 이미지 창출과 논리가 정연하다. 또한 사실 자체의 정서를 과장하지도 않는다. 그는 우리가 느끼는 슬픔과 기쁨을 따로 구별하지 않고 인생의 다른 요소일 뿐이라고 생각하기 때문이다. 그래서 〈개미〉의 마지막 연에 개미가 지구의 "이마 위에/ 짧은 다리를 쭉 뻗어놓고"와 같이 슬픈 몸짓에서도 엉뚱한 웃음을 유발하는 농담 혹은 유머의 특성을 보인다.

하루에 또는 몇 년, 몇 십 년에 걸쳐서 일어나는 제행무상의 일들 중 어느 순간의 포착은 시정신으로 불변의 영생을 얻게 된다. 시가 권세도 재물도 아닌데도 빠져들 게 되는 마력의 이유다.

3) 환경적 관심

문명이 발달할수록 전기, 기름과 가스를 많이 사용하며 그것으로 인해 자연파괴의 빈도수를 높이게 된다. 지진, 화산폭발, 홍수, 가뭄, 태풍 등 자연파괴는 다시 악순환을 거듭한다. 이제 우리는 도처에 산재한 환경적 위험요인을 안고 살아간다. 우리를 압박하는 불안의 요소를 점검하고 미리 제거와 대처법을 익혀야 한다. 이 시대 이 지구상에 놓인 사람이라면 환경보호운동에 적극적으로 참여해야 할 의무가 있다. 시인들은 환경시로도 홍보를 담당해야 하며 실생활에서 쓰레기나 세제를 남용하지 않는 것이 인간으로서 사는 우선의 방책이다.

슬라브 지붕 한켠에
두어 평 마당을 올렸습니다
흙 몇 짐 얹고 돌덩이 몇 개 앉혔는데
동네 바람이 벌써 알고 들렀습니다
뿌린 꽃씨 잠 깨기도 전에
흙 따라 온 민들레, 냉이꽃, 제비꽃
풀꽃들이 먼저 눈을 떴어요
진달래, 개나리가 차지하더니
어느새 봉선화, 채송화가 들어섰네요
사람은 가는지 오는지 모를 때 있는데
꽃들은 오가는 게 잘 보입니다
사는 모습도 투명하네요
거센 장마철 물세례에
맨드라미 열정은 숯불처럼 피어나고요
자주달개비 입술은 파르르 떨립니다

— 〈옥상 꽃밭〉 전문

비탈에서 보았네
실바람에 떨고 있는
돌 틈의 작은 꽃

가냘픈 몸 앞에
발길 멈추어 바람을 막아주니
떨던 손발 잠잠해지고
보랏빛 향기 한 점 떨군다

정원의 꽃들 부러워 마라
사람이 돌보지 않아도
혼자 먹고 혼자 꽃 필 힘
주먹에 쥐고 태어났다

― 〈들꽃〉 전문

좀 더 적극적인 환경운동으로는 빌딩에도 이렇게 〈옥상
꽃밭〉을 만드는 일이다. 이런 환경의 변화로 생겨난 생명과
의 교류는 정서를 순화하며 함양시킬 것이다. 주변에 나무
한 그루라도 심는 일도 그렇다. 지구 곳곳에 나무숲은 산사
태를 막아서 토지의 침식을 막아주고 땅 밑으로 물을 보유
하여 토질의 건조를 막고 따라서 사막화도 막을 것이다.
한편 시 〈들꽃〉에는 바람 앞에서 떨고 있는 들꽃 앞에 발
을 놓아 바람을 막아주는 시인의 심성이 돋보인다. 아무리
번듯한 말재주라도 침묵의 따스한 눈빛을 능가할 수는 없
다. 그래서인가 꽃도 무언의 향기 한 점을 그 발에 떨어뜨린
다. 나는 이 그윽한 풍경 앞에서 오래 머물고 싶다. 그리고
시인이 들꽃에게 일러주는 말, 마지막 연 "혼자 먹고 혼자
꽃 필 힘/ 주먹에 쥐고 태어났다"를 가만히 되뇌어본다. 그
렇다. 어느 생명이든 이 땅에 존재할 이유와 가치가 있다.

크나 작으나 눈에 보이지 않는 몫을 서로 주고 받으며 더불어 살아가고 있는 것이다. 이렇게 환경친화적인 두 편에 이어 〈제발 같이 삽시다〉와 〈머물다 떠난 자리〉 두 편의 시에서 환경훼손고발 현장을 본다.

골프장 건설현장 부근에서
보호식물 산작약이 목졸린 채
숨을 헐떡거리고 있다
인간의 놀이터로 땅을 빼앗겼다

누가 보호한다고 앞장섰을까
누가 그 말을 뭉개 버렸을까
들이닥친 강제철거에
마지막 숨을 놓쳤다

날벼락 맞은 이파리 집에서
애벌레 한 마리 기어 나와
살집을 구하러 가면서
인부를 힐끗 째려본다

'배고프지 않을 때도 먹고
살 곳도 아닌데 땅을 뺏고
인간들 대체 왜 그런 거요
이 땅에 같이 좀 삽시다'

— 〈제발 같이 삽시다〉 전문

옥탑방은
일터에서 돌아와
그가 쉬는 집
그가 자는 방이었다

폭우는 논밭을 쓸고
가두리 양식장을 끌고 갔다
사람들의 목숨을 삼키고
그의 일감을 뺏어 갔다

굶어 죽었는지
병들어 죽었는지
스스로 목숨을 끊었는지
알 수 없지만

방 안은 텅 비어 있었다
배고플 때
외로울 때 피웠을 담배
꽁초 남긴 재떨이 한 개뿐

— 〈머물다 떠난 자리〉 전문

시 〈제발 같이 삽시다〉는 골프장 건설현장에서 야기된 자연환경 훼손을 고발하고 인간 오만에 대한 경고장을 던진다. 무차별로 파헤친 자연에서 보호식물로 제정된 산작약이 목숨을 잃었고 거기에 거처를 둔 애벌레 한 마리가 집을 잃었다. 새 거처를 찾아 땡볕 속을 기어가는 애벌레를 보며 시인의 상상력은 애벌레의 외침 '이 지구는 오직 인간만이 휘두르는 땅이 아니니 공존하는 법을 배우라'를 대변한다.

　연이어 사회적 환경고발을 〈머물다 떠난 자리〉로 들어본다. 옥탑방은 일용직 일꾼쯤이라고 짐작되는 노동자가 일하고 돌아와 쉬는 집외의 방이다. 전세도 아닌 월세일까. 옥탑방엔 평범한 시민들이 갖춘 가족이나 살림이나 그 무엇도 없었다. 더구나 논밭이나 바다를 돌며 노동을 하던 그의 일자리마저 장마통에 다 잠기거나 떠내려갔다. 그의 목숨이 기댈 곳은 한 군데도 없었다. 아마 그가 자살하지 않았어도 그 상황에서는 굶어 죽었을 것이다. 어떻게 사람이 살다 간 자리마저 이렇게 적막할까. 어째서 모든 슬픔과 분노와 외로움을 떨쳐낸 담배꽁초 담긴 재떨이 하나가 전부였을까, 자의든 타의든 그만한 무소유가 인간으로서 가능한 일일까? 재계의 부정적 재정계승, 기업의 부정대출, 불법투기 및 증권조작, 정계 지도층 인사들의 간 큰 뇌물사건이 뻥뻥 터지는데 생존의 기초생활을 보장받지 못해 죽음으로 몰리다니 꼭 그만의 문제라고 보는가. 대체 누가 그의 몫을 빼앗은 것일까. 시인들은 이렇게 아프기라도 하지 않는가, 정권에만 눈 먼 정치가들이여!

3. 끝맺는 말 –민경옥 시집 《늦게 뜬 별》이 남기는 말

　'시는 삶의 노래'임에 일찍 시집을 출간하고 몇 번씩 상재하는 시인들은 시대별로 삶을 묶을 수 있다. 그래서 시대별로 집중되는 삶의 표정들이 있다. 그러나 시집 《늦게 뜬 별》은 많은 변화의 시기를 체험에서 걸러낸 삶의 통합된 표정이 있다. 사춘기의 소녀가 전쟁참상과 그 와중에도 가장의 역할부터 과학적 문명과 물질팽배주의의 숨가쁜 전환까지 이해하고 적응하는 노력을 아끼지 않았다. 그리고 말년에 시를 쓰면서 가장 자연스럽게 자연으로 돌아갈 준비를 하고 있는 것 같다.

그는 지금 현대에 발맞춰 컴퓨터도 하지만 재래시장이나 노점상에서 구한 들판의 야생초를 밥상에 올리며 도시공간에서 자연을 호흡하고 시골여행도 하면서 자연에서 휴식을 취한다. 농촌에서 보낸 유년기에 자연이 삶의 근원임을 이미 체득했던 것이다.

문 밖에서
거센 비는 두드리는데
불 지핀 가마솥에서 끓는 물
집안을 뎁힌다
나그네 추운 몸을 안아주는
어머니 품속 같다

살림에 닳은 주모 손이나 내 손이나
세월 걸린 건 마찬가지네
주모가 막사발에 부어준
막걸리 한 잔에
나이도 피곤도 삼킨다

술상에 올라온 찐 옥수수

빗소리도 한 자락도 깔린다
두부 자르듯 맺고 끊는
도시풍 계산법을 떠나니
작은 게다리소반 위
산골인심이 넉넉하다

— 〈주막집에서〉 전문

그의 여행지는 이름 있는 관광 명소보다 고향 분위기가 있는 곳이다. 비록 작은 주막집에서 막걸리 한 잔을 마시는 일이지만 원래 인간의 내성인 자연을 그곳 사람들에게서 만나기 때문이다. 찐 옥수수 한 개, 별 것도 아니지만 인정이 담긴 것이니 별 거다. 마음이 흐뭇하니 빗소리조차 다정해진다.

선반 위에 항아리 비어 있다
'왜 저리 비어 있을까'
꽃병이 꽃을 그득 안은 채
쳐다보며 비웃는지
장독 몇 개 입들을 모아
수군거리고 있는지 모른다
태어날 때부터 비어있었고
무엇을 채워 본 적도 없다
꼭 한 번 주인의 중얼거림을 들었다
'힘들 때마다 희망을 채우는 거야'
내 안에 머무는 비밀
두 팔로 꼭 껴안고 산다

— 〈항아리〉 전문

자신의 자존은 자신이 만든다. 자기가 좋아하는 것을 하되 누구보다도 잘 하는 것이 자존의 방식이라고 한다. 세상에서 제일 무서운 사람들이 '그래, 이게 나야' 하고 하며 자조하는 막가파들이다. '이렇다 어쩔래' 란 말은 멋대로 해도 상관없다는 손쉬운 행동방편이다. 우선 자신의 노력 없이 존재감을 말할 수는 없다. 그러나 가치 있는 어떤 보람이 자신감을 주는 일은 외부의 평판과는 무관할 수도 있다. 스스로 보람 있는 일을 소신껏 하는 게 가장 바람직하지만 보람은 주변에 좋은 영향을 끼치니 다 알게 된다. 반대로 누군가의 격려로 자존을 회복할 수도 있다. 사람은 가끔 물질이 아닌 정신적인 격려에 힘입어 엎어진 인생을 일으킬 수 있다. 세상의 평판이 전부는 아니며 한 사람을 일으키는 데는 한 사람의 격려로도 가능하다. 시인이 빈 항아리를 보면서 생각하는 근원이다.

그늘이나 물 마른 곳에서도 살아요
공기 나쁜 도심에서도 찡그리지 않아요
어떤 곳이든 꿋꿋이 버텨요
누구도 탓하지 않아요

늘 푸른 나무로 살아요
몸 냄새도 향그러워요
도끼로 찍어도 톱으로 썰어도
진한 향기를 놓치지 않아요

— 〈향나무〉 전문

그가 보는 대상은 사소한 것이라도 언제, 어디서나 자기 몫의 존재감을 갖고 있다. 그저 사람답게 자신의 존재감을 지키는 일이 자존심이며 삶의 근원이라고 본다. 결국 그가 이상적으로 그리는 삶이란 '소유의 다소多少보다 본질의 격格' 에 있다고 본다. 가진 것과 못 가진 것의 구분으로 누군가 함부로 소외와 억울함을 당하지 않도록 함께 하는 사회다. 자연이 가진 모든 것을 모두에게 차별 없이 바치고 있는 자연의 본모습처럼. 자연에 뿌리를 대고 있는 삶의 이유며 이것이 그의 시정신이다.

다만 첫 시집이니만치 앞으로는 내면의 탐구와 사유가 깊이를 가진 시인으로 향상되기를 기대해 본다. 시를 잘 쓰고 싶으면 삶이 더욱 좋아지도록 더욱 노력할 일이며 사유와 언어의 기술은 훌륭한 선배 시인들의 시를 부단히 읽는 데서 배울 수 있다는 점도 말해 두고 싶다.

민경옥 시집《늦게 뜬 별》은 시가 삶의 노래임을 보여주는 전형典型이며 삶의 열정, 힘, 노력, 용기, 도전과 같은 정신은 나이를 능가하는 젊음이라는 것을 확인시켜 주었다. 첫 시집에 많은 사랑과 격려 있기를 기도한다.

2011년 가을

祥雲齋에서

늦게 뜬 별

지은이 / 민경옥
펴낸이 / 김정희
펴낸곳 / 지구문학

110-122, 서울시 종로구 종로2가 39 뉴파고다빌딩 215호
전화 / (02)764-9679
팩스 / (02)764-7082

등록 / 제1-A2301호(1998. 3. 19)

초판발행일 / 2011년 9월 30일

ⓒ 2011 민경옥 Printed in KOREA

값 7,000원

E-mail/jigumunhak@hanmail.net

ISBN 978-89-89240-43-3 03810